La vieille dame et le fantôme

Evelyne Passegand-Reberg habite à Quétigny en Côte-d'Or. Professeur de lettres, puis bibliothécaire, elle est également auteur de nombreuses histoires pour enfants. Publiée régulièrement par les revues de Bayard Presse, elle a également écrit des ouvrages édités chez Duculot, la Farandole, l'École des Loisirs, Nathan et Flammarion (Castor Poche).

Maurice Rosy est né en 1927 à Fontaine-l'Évêque en Belgique. Après un bref séjour à l'École d'art de Charleroi, il rentre aux éditions Dupuis. En 1954, il devient directeur artistique, puis part pour Amsterdam où il fait des dessins publicitaires. Il travaille actuellement à Paris comme dessinateur et illustrateur de livres pour la jeunesse. Ses ouvrages ont été publiés chez Bordas et au Centurion. Son autre passion : la musique.

ISBN 2.227.72227.4

La vieille dame et le fantôme

Une histoire écrite par Evelyne Reberg

illustrée par Maurice Rosy

BAYARD ÉDITIONS

Un fantôme au cinéma

Gus est le dernier fantôme de Pignouchy. Tous les autres se sont envolés vers de lointaines forêts quand on a modernisé la ville. Mais Gus a refusé de partir. Il a dit de sa grosse voix :
– J'y suis, j'y reste. Ces immeubles et ces rues trop éclairées ne vont pas m'effrayer... Gus le fantôme ne faiblira jamais ! Il restera où il est né.

Alors il s'est installé dans les caves, sous l'immeuble des Acacias.

Il vit là, seul, dans une espèce de réduit encombré de sacs de patates, de bouteilles

de vin et de boîtes de conserve. Il rouspète sans arrêt :
– Vous parlez d'un logement ! Même les rats n'en veulent pas. Ça n'a aucune allure, aucun style...

Il se console en allant au cinéma. Tous les lundis, il se rend au « Trou d'Enfer ». C'est le cinéma le plus agréable de Pignouchy. On n'y passe que des films d'épouvante, avec des châteaux et des bruits de chaînes dans la nuit.

Bien entendu, Gus ne paie jamais sa place, au « Trou d'Enfer ». A la lumière du jour, il est invisible. Il peut passer tranquillement devant la caisse sans prendre de ticket.

Mais en arrivant dans l'obscurité de la salle, il devient visible. Alors il agit très

vite. Il enroule son squelette dans son grand linceul* blanc, et il vole vers le plafond. Il plonge dans un fauteuil au premier rang, il enfonce une casquette sur sa tête, et le tour est joué ! Personne ne le remarque, pas même la vieille dame qui est assise dans le fauteuil d'à côté.

Pourtant, cette dame est une fidèle spectatrice du « Trou d'Enfer », elle aussi. Elle s'appelle madame Bloyer et, comme Gus, elle habite aux Acacias. Elle occupe un petit deux-pièces, au troisième étage.

*C'est un drap dans lequel on enveloppe les morts

Depuis que son fils est parti, elle vit seule avec son chat, Méphisto.

Pour elle, le lundi est jour de fête. Elle fait son ménage à fond, puis elle prend son thé-citron, et ensuite elle se fait belle pour se rendre au « Trou d'Enfer ». A la caisse, elle demande :

– Une place au premier rang, s'il vous plaît !

Madame Bloyer est bien obligée de payer sa place, elle. Heureusement, le lundi, elle a droit au tarif réduit. C'est très important, car elle n'est pas riche.

La vieille dame s'assoit au premier rang. Elle frissonne de plaisir en voyant défiler les araignées géantes, les monstres, les vampires. Elle ne détache pas ses yeux de l'écran. A côté d'elle, Gus en fait autant. Il ne tourne jamais la tête.

Ainsi, chaque lundi, la vieille-dame-toute-seule et le fantôme-tout-seul regardent le même film sans se voir. Ensuite, ils prennent le même autobus et regagnent le même immeuble, toujours sans se voir. Mais rassurez-vous ! Ils vont finir par se rencontrer.

Une rage de dents

Ce lundi-là, Gus tourne en rond dans son réduit, et il gémit :

– Mort et poison ! Qu'est-ce qui m'arrive ? J'ai mal aux dents.

Pas de doute. Sa mâchoire fait « clap ! clap ! clap ! » C'est mauvais signe.

– Me voilà dans de beaux draps ! ajoute Gus qui adore cette expression faite pour les fantômes.

Sans plus attendre, il file vers l'immeuble des Peupliers où se trouve le cabinet du dentiste, le docteur Bariton-Gouton.

Discrètement, sur la pointe des pieds, le fantôme entre dans la salle d'attente. Elle est pleine de monde. Il faut attendre sans bouger, et il fait tellement chaud que Gus enlèverait bien son linceul.

Au bout d'une heure, discrètement, timidement, il prend un journal et se met à le feuilleter.

Tout à coup, il lève les yeux, mais... que s'est-il passé ? La porte est grande ouverte, tous les clients sont partis !

– Ça y est ! dit Gus. Je sens que j'ai fait une

bêtise. Ils ont vu les pages qui tournaient toutes seules, et ils ont pris peur. Pauvres têtes de parapluies ! Ils regardent sans broncher des horreurs à la télé, et ils s'enfuient devant un simple journal qui frémit !

Gus n'a pas le temps de réfléchir davantage à la folie des hommes. Une porte s'ouvre derrière lui, et le dentiste appelle :

– Au suivant !

Mais il ajoute en passant la tête :
– Tiens, il n'y a plus personne ?
– Si, moi ! fait une grosse voix.

Le dentiste écarquille les yeux et regarde derrière la porte.
– Qui, vous ? Où êtes-vous ?
– Attendez ! répond encore la grosse voix. Vous allez me voir apparaître.

Gus est déjà dans le cabinet dentaire, en train de tirer les rideaux et d'éteindre la lumière. Il marche sur la pointe des pieds en murmurant :
– Soyons discret ! soyons prudent !

Le dentiste se retourne et devient blanc d'un seul coup. Sur le fauteuil incliné, il y a un squelette phosphorescent qui ouvre sa mâchoire en gémissant.

– È-a-o-an !

Gus veut dire tout simplement : « J'ai mal aux dents. » Mais le dentiste n'en croit pas ses oreilles, ni ses yeux. Il supplie :

– Soyons sérieux ! Par pi... pitié, cessez de vous déguiser en fan... fantôme. Mes mains tremblent. Je ne pou... pourrai pas vous soigner.

Gus commence à s'énerver. Il se redresse et dit avec impatience :
– Ecoutez ! puisque je vous fais peur, je disparais bien volontiers. Mais je vous laisse mes dents, et tâchez de les soigner sans ameuter le quartier. Je passerai les prendre en fin de soirée.

Aussitôt dit, aussitôt fait. Gus pose sa mâchoire sur le fauteuil et s'en va.

Vous pensez peut-être qu'on ne peut pas faire une chose pareille. Mais sachez que le fantôme est un être surnaturel, et que surnaturellement sa mâchoire peut rester seule. Elle peut même continuer à parler. Si vous n'y croyez pas, ne lisez pas d'histoires de fantôme, c'est inutile.

Donc, la mâchoire de Gus, seule sur le fauteuil du dentiste, gémit :

– Soignez mes caries ! Je vous en prie !

Depuis tout à l'heure, le dentiste est passé par toutes les couleurs. Maintenant, il est plus blanc que sa blouse. Il hurle :

– Au secou-ou-ours !

Sa secrétaire l'entend. Elle n'a rien vu, mais elle le croit sur parole, et elle hurle à son tour :

– Au secou-ou-ours !

Ils dévalent tous les deux l'escalier, et s'enfuient dans la rue.

Panique à Pignouchy

La mâchoire de Gus attend un moment, suspendue dans le vide, au-dessus du fauteuil. Mais personne ne s'occupe d'elle. Elle fait quelques « clap ! clap ! clap ! » pour qu'on la remarque. Puis elle s'agite, se balance, en répétant avec la grosse voix de Gus :

– Personne ? Personne ?

Un silence de mort règne dans le cabinet dentaire. Alors la pauvre mâchoire malade et abandonnée décide de s'en aller. Elle vole dans les rues à la poursuite du dentiste en criant le plus fort possible :

– Où est-il ? Où est-il donc ?

C'est jour de marché. Les rues sont noires de monde, et tous les habitants de Pignouchy entendent cette voix caverneuse qui appelle :

– Où est-il ? Où est-il donc ?

Les gens tournent sur eux-mêmes d'un air effaré, en balbutiant :

– Qui parle ? c'est vous ? Non ? alors c'est vous ? Dites donc, que me voulez-vous ?

Soudain, on aperçoit le dentiste qui traverse la place en courant derrière sa secrétaire. Des passants le montrent du doigt :

– C'est lui, là-bas ! Il a une blouse blanche, et un instrument dans la main !

Alors une nouvelle incroyable commence à se répandre : un assassin en blouse blanche poursuit toutes les femmes avec un couteau à la main. Madame Chamou le dit à monsieur Rapiot, qui fait passer à monsieur Véru, qui l'annonce à... madame Bloyer !

Car la vieille dame est là, justement. C'est normal. On est lundi, elle a fait son ménage, elle s'est coiffée, poudrée, et elle a pris l'autobus pour se rendre au « Trou d'Enfer », comme d'habitude.

– Un assassin ! A Pignouchy, en plein mois de juin !

En apprenant l'événement, madame Bloyer ouvre grand la bouche. Quelle terrible coïncidence ! Au même instant, la mâchoire de Gus passe par là et s'engouffre dans cette bouche ouverte.

La vieille dame n'a rien senti, et pourtant elle se retrouve munie d'un dentier invisible. Mais lorsqu'elle se met à parler, voilà qu'elle prononce deux choses différentes en même temps, avec deux voix : la sienne et celle du fantôme !

De sa voix habituelle, elle dit :

– Il se passe des choses bizarres, de nos jours !

Et d'une autre voix, très grave celle-là, elle gronde :

– Gus le fantôme, où es-tu ?

En se mélangeant, les deux phrases donnent quelque chose d'abominable :
– Il se guspaslefan des chozbitom zarou de noéjourtu !

Les passants se retournent, et madame Bloyer, épouvantée, met la main sur sa bouche. Elle se demande ce qui a bien pu lui arriver.

La vieille dame renonce à aller au cinéma, et elle continue à marcher sur le trottoir, à petits pas.

Au coin de la rue, madame Bloyer se cogne contre le boucher. Elle fait un sourire timide pour s'excuser, mais, sans le vouloir, elle se met à rugir avec sa nouvelle grosse voix :

– Laissez-moi passer, tête de veau, ou je vous mords le nez !

La vieille dame s'éloigne bien vite, avec un petit rire gêné. Elle pense : « Ça devient très inquiétant, il faut que j'aille chez le docteur. Cette double voix, ce n'est pas normal. » Mais en même temps, elle s'entend grogner tout haut :

– Il faut trouver ce dentiste de malheur ! Qu'il me soigne les dents ! Ce n'est plus tolérable !

Le retour du fantôme

Gus ne sait rien de tout ce qui vient de se passer. Il est loin du centre, loin de l'agitation. Il erre tristement dans la banlieue de Pignouchy.

La scène chez le dentiste l'a embêté. Gus n'est pas un de ces fantômes qui prennent plaisir à faire peur, c'est un fantôme tranquille. Il a horreur des cris et des hurlements. Hélas ! chaque fois qu'il apparaît, les gens pâlissent, hurlent, s'enfuient. Gus est découragé.

– Oh ! là ! là ! que d'embarras ! que de

tracas ! Ah ! la vie de fantôme n'est pas de tout repos, croyez-moi.

Gus avance, la tête basse, sans savoir où il va. Il entre dans une impasse étroite et sombre. Tout à coup, en survolant une flaque d'eau, il voit son reflet avec un gros trou noir à la place de la bouche.

Gus, effrayé, pense d'abord : « Ciel ! un fantôme ! » Mais il se regarde de plus près, et alors il ajoute, en lui-même, car il ne peut plus parler : « Il me manque quelque chose d'important. J'ai perdu ma mâchoire...

Quelle tête de souris je suis ! Je l'ai laissée chez ce maudit dentiste. Mes belles dents, pourvu qu'il ne les vende pas à un client ! »

Gus vole à toute allure jusqu'au cabinet dentaire du docteur Bariton-Gouton. Quand il arrive, tout paraît en ordre, comme la première fois qu'il est venu dans cet endroit. Des clients attendent sans bouger dans la salle d'attente. La secrétaire tape à la machine dans son bureau.

Gus se glisse dans le cabinet du dentiste. Le docteur Bariton-Gouton est en train de soigner un client. Il lui fourre une pâte collante dans le bouche, et en même temps il lui raconte ses aventures de la journée :
– Figurez-vous que nous avons un fantôme à Pignouchy ! Je suis le seul à l'avoir vu. Parfaitement, je l'ai vu comme je vous vois, et je n'ai pas eu peur. Il m'a parlé, comme vous le faites.

A vrai dire, le client ne fait que des « heu ! » et des « hin ! », mais le dentiste continue :

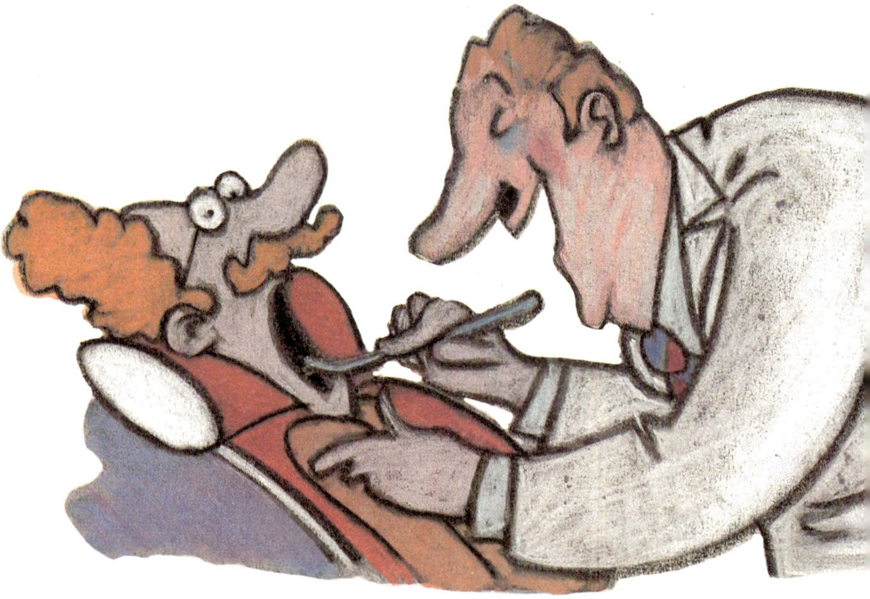

– Je lui ai répondu fermement, et il s'est enfui. Je l'ai poursuivi, et je l'aurais sûrement rattrapé si les gendarmes m'avaient laissé faire. J'aurais délivré la ville de ce mauvais esprit.

Le malheureux client roule les yeux en regardant le dentiste. Il n'a pas l'air rassuré du tout.

Pendant ce temps, Gus fouille la pièce de fond en comble, sans faire de bruit. Il regarde partout, sur les étagères, dans les tiroirs, sur le bureau, sous le bureau. Il se faufile dans l'armoire. Hélas ! il ne trouve pas sa mâchoire.

Gus est de plus en plus contrarié, il commence à s'énerver.
Il sent qu'il va faire une bêtise.

Il se glisse sous la blouse du dentiste pour essayer de fouiller dans ses poches de pantalon. Le docteur Bariton-Gouton s'imagine que c'est son client qui le chatouille, et il le gronde sévèrement :
– Ça suffit ! A quoi jouez-vous ? Voyons, ce n'est pas le moment.
Le client voudrait bien protester, mais il ne fait que des « han ! » et des « hon ! » parce qu'il a la bouche toute collée.

Tout à coup, ça recommence ! Le dentiste sent qu'on le chatouille encore : une sorte de main glacée glisse dans son dos. Il crie tellement fort que Gus fait un bond en arrière et renverse le téléphone. Le dentiste se retourne et hurle :

– Aaaah ! Il est revenuuuuu !

Le client essaie de se redresser, et gigote sur le fauteuil incliné.

– Le fantôme est là-là-là-là !

A ce moment précis, la porte du cabinet s'ouvre lentement, en grinçant.

La rencontre

Et madame Bloyer apparaît. Le dentiste semble soulagé. Puis il fronce les sourcils :
– Madame ! vous m'avez presque fait peur. Retournez dans la salle d'attente, vous voyez bien que je suis occupé !

Mais la vieille dame répond avec une voix tonitruante :
– Soigne mes dents, tête de hareng, ou je te mords les doigts ! Ha ! ha ! ha !

Le dentiste a les cheveux qui se dressent sur la tête. Le client saute du fauteuil et se précipite dans le placard pour se cacher. Madame Bloyer prend un petit air inquiet.

Gus tire les rideaux et éteint la lumière. Son grand squelette phosphorescent apparaît au beau milieu de la pièce.

C'est à ce moment que madame Bloyer prononce sans le vouloir ces mots charmants :

– Gus, mon fantôme adoré, enfin je t'ai retrouvé !

Elle sourit, elle ouvre grand la bouche, et les dents de Gus s'envolent. Elles traversent la pièce pour rejoindre leur propriétaire.

– Merci beaucoup, tête de... euh... Madame ! dit le fantôme. Vous m'avez enfin rendu mes dents. Je vous en serai toujours reconnaissant.

Le dentiste profite de ce moment pour essayer de s'échapper, mais Gus l'attrape et lui crie à l'oreille :

– Soigne mes caries, tête de toupie, ou je reviens te voir tous les soirs ! Je serai partout, dans tes tiroirs, dans tes placards, dès qu'il fera noir.

Le pauvre homme reprend ses instruments en tremblant :

– D'a... d'accord ! Avec plai... plaisir !

Et il se met au travail. Il soigne la terrible mâchoire qui brille dans l'obscurité. La mâchoire fait « aïe ! », puis « ouille ! ». Elle se rince, elle crache, elle sourit.

Gus se lève, très satisfait, et dit :

– Je n'ai pas d'argent sur moi, mais je passerai demain sans faute pour vous payer.

Le dentiste s'écrie :

– Non, je vous en prie, ne revenez pas, pour vous c'est gratuit !

– Merci, dit Gus. Vous êtes bien gentil. Je vous enverrai des clients. J'ai un ami vampire, il a deux dents qui dépassent. Il aurait sûrement besoin d'un appareil. Je lui donnerai votre adresse, hé ! hé ! hé !

Là-dessus, Gus fait un salut de la main. Il traverse la porte, et disparaît.

Il vole dans l'escalier, et arrive dans la rue. Il est pressé de rentrer. La nuit tombe, et il a peur de se faire remarquer. Mais soudain, une petite voix aiguë crie derrière lui :

– Hé ! attendez-moi, tête de...

C'est madame Bloyer qui le suit, tout essoufflée.

Les deux amis

Enfin le fantôme et la vieille dame se trouvent en tête à tête !

Madame Bloyer dit à Gus :

– Allez moins vite, s'il vous plaît ! Je marche à petits pas, et vous, vous flottez à grandes enjambées...

Gus la regarde d'un air étonné :

– Comment ! Je ne vous fais pas peur ?

– Oh si ! dit madame Bloyer. Mais j'adore avoir peur. Continuez, s'il vous plaît.

Gus est un peu vexé tout de même. Il pense : « Cette petite dame se vante probablement. Mais puisqu'elle a tellement envie

de s'évanouir, allons-y ! » Il se dresse devant madame Bloyer et fait des grimaces affreuses en battant des bras :
– Hou-ou-ou-ou !
– Vous êtes merveilleux ! dit tranquillement la vieille dame. Vous me faites penser à l'acteur qui joue dans un de mes films préférés, « Le revenant funeste et le serpent de la mort ». Vous savez qu'on le joue en ce moment au « Trou d'Enfer » ?

Gus n'en revient pas :
– Vous connaissez le « Trou d'Enfer » ? C'est mon cinéma favori, j'y vais tous les lundis !

– Moi aussi ! s'écrie madame Bloyer, ravie. Vous avez sûrement vu « Le baiser du vampire », « La nuit des têtes coupées », « Dracula contre Fantomas »... Oh ! alors nous avons des milliers de choses à nous raconter !

Et la vieille dame invite le fantôme à prendre le thé chez elle. Gus est tellement charmé qu'il accepte de rester pour dîner.

Ils passent ensemble une soirée délicieuse. Ils discutent de cinéma, ils se racontent leur vie.

A la fin, madame Bloyer demande à Gus de lui faire peur une dernière fois avant de s'en aller. Gus se cache dans l'ombre de la cuisine, et reparaît peu à peu, lentement, en faisant :

– Minuit sonne ! Je suis Barbe-Blanche, l'étrangleur professionnel !

La vieille dame frissonne, puis elle applaudit de toutes ses forces. Et voilà qu'elle propose :

– Monsieur Gus, si vous veniez habiter chez moi ?

– Oh oui ! dit Gus. J'aime tant votre appartement ! Il est si vieux, si sombre ! Il sent si bon la cire et le renfermé !

Peu de temps après, Gus déménage. Il transporte chez la vieille dame ses ossements, ses araignées, ses vieux livres déchirés. Il s'installe dans le coffre de la salle à manger.

La vie devient plus gaie ! Tous les lundis, le fantôme et la vieille dame vont ensemble au « Trou d'Enfer ». Les autres jours, ils jouent aux cartes, et ils inventent des potions magiques. Ils en ont donné au chat Méphisto qui s'est mis à parler. Mais on ne comprend pas encore ce qu'il dit !

Dans la même collection
J'aime lire

LE GÉANT ENSEVELI

Le grand sommeil

Les habitants de ce royaume n'en peuvent plus : sous leurs pieds vit un géant. Chaque fois qu'il fait des cauchemars, la terre tremble, tout se fracasse. Somnifères et berceuses sont sans effet. Sébastien, le courageux petit paysan, propose de descendre sous terre et Maria Bianca, la fille du roi, l'accompagnera. Mais comment parvenir à apaiser ce terrible géant ?

Une histoire écrite par Jacqueline Balcells
et illustrée par Véronique Cau.

L'HOMME AUX SEPT LOUPS

Un pouvoir qui dérange

Un soir, dans la neige et le vent, un inquiétant personnage pousse la porte de la ferme où Marie, huit ans, vit avec sa famille. C'est le meneur de loups. Six bêtes affamées le suivent. Les fermiers, terrorisés, sont obligés de lui donner à manger... En guise de remerciements, l'homme transmet à Marie son pouvoir de comprendre les loups et de guérir leurs morsures. Que va devenir la fillette, dotée de cet étonnant pouvoir ?

Une histoire écrite par Jacqueline Kerguéno
et Claude Seignolle, et illustrée par Philippe Fix.

UN AMOUR DE CHIEN

Attention, chien jaloux

C'est moi Stop. Je suis le chien de David. Je suis beau, drôle, et surtout intelligent. Ensemble, David et moi, nous passons des moments formidables... Mais l'autre jour, la sœur de David n'a rien trouvé de mieux que de lui offrir un canari. Et voilà que David me délaisse pour ce ridicule volatile. Attention, un chien aussi génial que moi ne se laisse pas oublier comme ça !

Une histoire écrite et illustrée par William Marshall.

LES JUMEAUX DU ROI

Fille ou garçon ?

Le roi Mégalias se marie. Dans le royaume, chacun espère que cela calmera son effroyable caractère... A peine marié, il exige un fils. La reine met au monde des jumeaux : Alias, un garçon, mais aussi Alice, une fille, qu'elle cache pour ne pas fâcher son mari. Ces jumeaux, en grandissant, réservent bien des surprises, surtout à leurs parents !

Une histoire écrite par Nicole Schneegans
et illustrée par Jean-Louis Besson.

Achevé d'imprimer par Ouest Impressions Oberthur - 35000 Rennes
Dépôt légal n° 10451 - Septembre 1990
Imprimé en France